Por dentro de Rita Hayworth

Marcos Alexandre Faber

Por dentro de Rita Hayworth

Copyright © 2023 Marcos Alexandre Faber

Por dentro de Rita Hayworth © Editora Reformatório

Editor:

Marcelo Nocelli

Revisão:

Marcelo Nocelli

Natália Souza

Design, editoração eletrônica e capa:

Karina Tenório

Dados Internacionais de Catalogação na Publicação (CIP)

Bibliotecária Juliana Farias Motta CRB7/5880

Faber, Marcos Alexande

    Por dentro de Rita Hayworth / Marcos Alexandre Faber. –
São Paulo: Reformatório, 2023.

    76 p.: il.; 12x19 cm.

    ISBN: 978-65-88091-72-2

    1. Enredos (Teatro, ficção, etc.). I. Título.

F115p   CDD 808.02

Índice para catálogo sistemático:

1. Enredos (Teatro, ficção, etc.)

Todos os direitos desta edição reservados à:

Editora Reformatório

www.reformatorio.com.br

À Katja Fróis
e à Kaline

*É uma estupidez não ter
esperança, é um pecado.*

(Ernest Hemingway,
O velho e o mar)

Sumário

1. Rita, 11

2. As *pinups*, 17

3. O silêncio da sereia, 25

4. Como num time de beisebol, 33

5. Uma oração para Andy, 49

6. A hora da rainha, 55

7. A confissão, 61

8. Por fora de Shawshank, 67

1.

Rita

"A maioria dos homens se apaixona por Gilda, mas acorda comigo."

Eu me chamo Rita Hayworth, nome artístico de Margarita Carmen Cansino, a estrela de cinema, a primeira *sex symbol* da indústria cultural, embora alguns me recordem por Gilda. É incrível como as pessoas só enxergam o mito. Mas também não sou aquela atriz de carne e osso que provocava arrepios ao jogar os cabelos platinados e dizer qualquer bobagem. Sou apenas um quadro em preto e branco que ficou na parede quase intransponível do presídio de Shawshank, na cela de Andy Dufresne.

A descrição da cela é uma coisa que sei fazer como poucos. Embora todos vocês já conheçam da literatura e do cinema. Uma saleta suja, de onde mal se vê o sol. Eu estava ali de olhos abertos, entre os nomes cravados com punhais e estiletes. A insalubridade e o isolamento me fizeram pensar como é possível resistir a mais de dez anos naquela condição. Mas era o olor humano corrompido que atravessa as grades e impregna todas as coisas que tornava o ar impossível, até para quem é feita de celulose, como eu.

Andy, meu doce Andy, nada tem a ver com os estereótipos dos condenados. Aqueles caras sujos e mal-encarados que te assustam com um único olhar. Aqueles sujeitos que ejaculam três vezes por dia em cima de você e te comem com papel e tudo.

Não, Andy era de outra estirpe. Era a evolução da espécie humana que, por um jogo da vida, um golpe do destino, foi parar ali. Dessas coisas que, por ingenuidade ou por prudência, achamos que só acontecem na ficção. Gostava de música clássica, de Mozart, amava os livros, enfim. Fez uma biblioteca em Shawshank, a maior das instituições prisionais do Oregon.

Senti por ele uma enorme empatia logo que me colou na parede. Andy sempre me respeitou, nunca me fez sevícias. Ficamos juntos no período mais atribulado do pós-guerra. Falava comigo mais do que com qualquer outra pessoa. Abriu o seu coração para mim, até mais do que para Red, o seu melhor amigo, que, como narrador quase onisciente da história, pensava saber de tudo. Mas não! Quando a luz se apagava, Red não via lhufas do que se passava nas outras alcovas.

Nada me ocultava. Das coisas mais banais, como o colecionador meticuloso de pedras para polir, fato que tanto ajudou a mantê-lo ocupado na cávea, até aquilo que lhe afligia a alma. Mas, sobretudo, em Shawshank, não houve um só dia, em que não falasse dela...

De como se conheceram em Portland, de como se apaixonaram e fizeram planos. Do momento em que a pediu em casamento depois de ficar embriagado com gim & tônica. E de como gostava de fazer amor com ela logo pela manhã. Ela sempre acordava mais bonita do que fora dormir...

Da casa que construíram com todos os detalhes e de como adaptaram o projeto para aproveitar uma árvore secular. Andy ambicionava comprar um barco e dar a volta ao mundo, só com ela. Para isso vinha estudando técnicas de navegação e instrumentos náuticos conhecidos desde a antiguidade, a bússola, o astrolábio, a balestilha, o quadrante, bem como pesquisava a constelação como forma de orientação em alto-mar. Enfim, queria mostrar-lhe o mundo em silêncio, e agora estava condenado por matá-la num crime passional estampado nos mais ruidosos tabloides americanos.

Eu não vou entrar no mérito dela. Eu não sei o que a fez traí-lo. Essas coisas são de foro íntimo, mas eu e todo mundo soubemos desde a primeira página ou da primeira cena que Andy era o único inocente em Shawshank.

Às vezes, desejava que ele me olhasse com outros olhos, que me desejasse como eu comecei a fazê-lo. Ele era o tudo ou nada do que eu queria para mim. Um homem forte numa aparência frágil. Um cara comum, fora do meio do cinema, que não era um gênio como Welles ou um coquete como tantos outros que conheci. Um cara que, apesar de tudo pelo que passou, mantinha a esperança na vida.

O que me dói é que as estrelas não são amadas de verdade. Senão, não seriam estrelas, mas pessoas. Elas ficam a anos-luz para serem cultuadas. Os gregos já faziam isso com os seus deuses, agora usamos as estrelas do cinema. Mas eu estava perto, na sua parede, a um toque de sua mão.

Houve uma noite em especial em que Dufresne olhou para mim como se ambicionasse me libertar daquela condição celeste. Ele disse coisas sem sentido, mas que eram bonitas, do tipo "eu queria ser ela por um dia para me conhecer melhor". Andy olhou para mim, cheio de concupiscência, e se masturbou. Eu sei que, mesmo naquele momento, ele pensou nela. Foi o nome dela que ele sussurrou e não o meu. Não importa se eu fui o instrumento para ele chegar até ela. Também senti prazer com isso.

Não tive ciúmes quando Andy, uma década depois, me trocou pela Marilyn Monroe. Aprendi com ele que o amor é maior do que a possessão.

Eu estava satisfeita como nunca, havia feito o meu trabalho melhor do que em qualquer filme. Escutei aquele homem por mais tempo do que duram a maioria dos casamentos americanos e foi atrás de mim que ele arquitetou o seu plano de salvação.

No momento em que ele deixou Shawshank, numa escapada cinematográfica, quem estava na parede já era a Raquel Welch. As estrelas de cinema têm prazo de validade. O público é ávido por novidades. É preciso uma cara a cada estação.

Eu amei o Andy, é o que me importa. Gozo em saber que eu tive significado na sua vida. Com ele aprendi que a esperança é uma coisa boa, talvez a melhor de todas.

2.

As *pinups*

Para além de todo o *glamour* de Hollywood, dos tapetes vermelhos e da Calçada da Fama na

Boulevard, há uma espécie de submundo frequentado pelas estrelas de cinema, espaços exclusivos para homens, naquilo que se convencionou chamar de Arte de Borracharia.

Tudo começou no início do século XX com as *pinups*, garotas pintadas em trajes sensuais que logo ganharam forma de calendários, revistas, anúncios, cartões postais e até maços de cigarros. A melhor compilação desta cultura pode ser vista em *The Great American Pin-Up*, com os nomes importantes que transformaram a arte numa mitologia, embora depreciada pelos críticos mais puristas. A obra, que seria publicada em 1966 pela Taschen, apresenta 380 páginas dessas bonecas americanas, um sonho de consumo e luxúria, que inevitavelmente vão parar nas paredes masculinas.

É claro que a grande inspiração às *pinups* foram as estrelas do cinema, as mulheres mais desejadas do mundo. Do desenho para a fotografia foi um pulo e, num piscar de olhos, as divas passaram a frequentar os ambientes dominados pelos homens viris como as borracharias com seus exemplares melados de óleo e graxa, entre pneus e câmaras de ar.

Mas, de todos os lugares, sem dúvida nenhuma, o que mais arrepiava as meninas era a prisão. Ninguém gostaria de ir para um lugar daqueles, nem mesmo em fotografia. A prisão é o inferno na terra. Um só dia parece uma eternidade. E o melhor que pode acontecer num lugar como esse é você ser logo comida, rasgada e ir para a lata do lixo.

Em 1949, quando cheguei a Shawshank, eu pensava que já tinha visto tudo na vida e na arte. Três casamentos, três dezenas de filmes, uma mudança de nome e uma transformação radical que me fizeram um mito.

Lembro-me bem quando aportei. Eu vim como uma encomenda, por 2,50 dólares mais comissão, e desde o início foi diferente de tudo. Ao sair do tubo com meus 1,30 metros, me senti como um gênio libertado da lâmpada para atender aos pedidos do seu dono. E tudo que eu queria era satisfazer logo qualquer capricho ou fetiche para ser esquecida. Nesta hora pode começar um longo processo de violência e abusos. Não foi o caso.

Ao me tirar do casulo, Andy Dufresne, prisioneiro 81433, não me olhou nos olhos. Na verdade, ele olhou através de mim. Parecia longe, distante, como quem tem um plano inacessível.

Foi a sua mão delicada que, ao me pôr na parede, me disse a primeira coisa sobre ele. Uma mulher sempre olha nas mãos de um homem e as dele eram macias com dedos longos de pianista e unhas aparadas, diferente das encaliçadas dos mecânicos e dos lavradores de batata e cebola do Oregon, presenças mais vulgares na penitenciária e que eu conhecia tão bem.

À noite, nenhuma palavra. Era como se eu não estivesse ali ou fosse apenas o que deveria ser, um pôster. Pude então perceber antes do apagar das luzes que havia uma organização incomum na cela 37 do bloco 5 de Shawshank. Para além de livros e pedras polidas que lhe consumiam o dia todo, Andy mantinha as roupas dobradas como se tivesse sido um menino bem-educado. A mãe dele deve ter feito um bom trabalho, coisa rara entre as matriarcas dos Estados do Pacífico que mimam demais os filhos varões.

Vez por outra, olhava para mim e acenava a cabeça de forma afirmativa. Depois, aos poucos, foram surgindo alguns pequenos gestos de delicadeza, do tipo, bom dia Rita, boa noite Rita, como foi o seu dia?... Essas pequenas frases foram se alongando para: a comida hoje estava razoável, um bife bem passado com fritas, mas nunca acertam na medida do sal. Ou o William Faulkner acabou de ganhar o Nobel de Literatura.

Percebi que queria conversar comigo aquilo que possivelmente não poderia com os outros prisioneiros. Na verdade, ele me falava de coisas que eu nem conhecia, talvez me julgando mais culta do que eu realmente fosse. Todos sabem que as estrelas do cinema não são exatamente os seres mais letrados da face da Terra, ao menos nos anos 40, mas também passam longe daquele estereótipo feminino criado por Hollywood, a loira burra e fatal que, além de mim, teria um elenco de estrelas como Marilyn Monroe, Judy Holliday e Jayne Mansfield.

Como uma Miss, ninguém nunca nos pergunta sobre política, economia ou literatura. Quase sempre o que precisamos é de um rosto bonito num corpo escultural e alguma tintura dourada no cabelo. Se souber sapatear então, não precisa nem abrir a boca. Em pleno pós-guerra, boa parte do público ainda preferia os filmes mudos.

A confiança até para um retrato é um bem que se adquire aos poucos, sobretudo numa prisão. Foi num domingo que pela primeira vez escutei o nome dela. Linda. Assim num comentário despretensioso, disse-me que o meu sorriso era parecido com o dela, que tínhamos um sorriso triste. Achei estranhas aquelas palavras, mas me tocaram por dentro como certas canções.

Era uma data especial e Andy tinha na cabeça todas as datas particulares com a Linda. Foi o dia em que a viu pela primeira vez. Intuiu que aquele momento iria mudar a sua vida, mas não imaginava que o prelúdio fosse ter um desfecho trágico. Tudo parecia um poema.

Foi no início da universidade de Portland. Ela estava sentada no jardim a tomar sorvetes com algumas amigas. Ele não a conheceu nesse dia, não trocou uma palavra com ela, apenas não deixou de acompanhar de longe a sua rotina. Observava-a chegar cedo ao *campus* trazida pelo pai num Plymouth azul. Achava graça em vê-la comer batatas fritas e devorar uma Coca-Cola independente do cardápio da cantina. E sobretudo como despertava em todos grande atenção. Linda trazia um ímã nos olhos.

Daí ao primeiro diálogo foram mais seis meses. Andy era assim, não tinha pressa. Parecia um cara racional e calculista, mas não era. Ele apenas não sabia dizer o que sentia, ficava ruminando as coisas.

Apaixonado, rabiscou um poema, mas quando comparava os seus versos aos de Wallace Stevens desistia de mostrá-lo. Resolveu então deixar no banco onde ela costumava sentar-se com as amigas, uma caixa de bombons de chocolate com recheio de licor e a *Canção* do poeta da Pensilvânia:

*Há coisas esplêndidas acontecendo
no mundo,
Coelhinho.
Há uma donzela,
mais doce que o som do salgueiro,
mais suave que água rasa
correndo sobre seixos.
No domingo,
ela veste um casaco longo,
com doze botões...*

Bombons e poema foram parar nas mãos erradas e gerou um mal-estar. Andy nunca criou a oportunidade de corrigir o equívoco. Ele era assim, não sabia como expressar as coisas, botava tudo para dentro como num grande *closet*. E é aí que eu entro em sua história.

3.

O silêncio da sereia

Todos sabem por que ele me trouxe para Shawshank. Eu iria ser a sua passagem secreta, o seu novelo para o labirinto. Mas poderia ser outra imagem. Poderia ser um pôster de automóvel, um Cadillac – 1940, objeto que tanto fetiche causa aos homens. Poderia ser o pôster dos New York Yankees, dominante na Major League Baseball da época; ou do Joe Louis, o mais longevo campeão mundial dos pesos-pesados, que há pouco tempo a América parou para vê-lo nocautear Jersey Joe Walcott. Quiçá uma imagem religiosa, tão comum entre os detentos que, depois de pecados abomináveis, se convertem como uma espécie de expiação. Afinal todas essas opções demonstravam ao sistema penitenciário um comportamento mais exemplar e regenerado do que o retrato de uma garota sensual.

Poderia até ser outra estrela. Eu não era a maior, nem a mais bela da minha geração. Havia divas para todos os gostos e exigências. Havia a Ava Gardner, a Lauren Bacall, a Katharine Hepburn, mas foi a mim que ele escolheu. Talvez elas todas fossem melhores atrizes do que eu. Mas talvez nenhuma tenha se transformado num produto da Era de Ouro do cinema como Rita Hayworth. Seja lá por que fosse, seria comigo que ele iria passar sozinho os seus dias de aflição.

Quem se deu ao desvelo de ler a novela e de assistir ao filme, num breve cotejo pôde observar que há alguma diferença na descrição física de Andy. No original ele é pequeno, de descendência francesa, o que vai lhe ajudar a escapulir pelo túnel cavado minuciosamente com o seu cinzel, nadando pelo esgoto 20 jardas, o equivalente ao mesmo número de campos de beisebol. Já na película, ele é alto e elegante, o que o diferencia em tudo no cárcere.

Na minha percepção, ele não era nenhum dos dois, mas um homem de estatura mediana tão comum quanto os figurantes da Columbia. Não, Andy não era um espécime bonito, não à primeira vista. Nada tinha que impressionasse de imediato uma mulher. Não era forte, nem falava fácil. Não se exibia com seus dotes físicos como a maioria dos atores e dançarinos, nem gastava o seu inglês impecável com frases de efeito. Nada de tatuagens nos bíceps, nada de vícios, de palavrões e muito menos de discursos religiosos. Nem nas suas expiações eu o vi chamar a Deus.

Se eu pudesse escolher uma palavra para defini-lo, eu poderia dizer que Andy despertava uma interrogação em quem o visse. Ele não era exatamente um rio transparente, mas não chegava a ser água turva. Seria preciso olhar com calma, com tempo para percebê-lo. E tempo era tudo que nós tínhamos em Shawshank.

Por essa altura, os seus piores momentos já tinham passado. A temporada da perseguição das irmãs, as bichas machos, liderada pelo Bogs Diamond, que se encantou pela sua civilidade. Como uma praga, as bonecas do xadrez, que estão em todas as prisões americanas, não deixariam passar impune uma figura distinta e sem proteção como Andy. Mas isso já foi tão bem descrito na novela que não vou mais falar no assunto. Além do mais, o que sei é basicamente o que todos conhecem. Ele nunca me deu detalhes. Acho que não queria comentar o capítulo.

O que não passa na película é que Andy sabia assoviar, conhecia inúmeras melodias e às vezes as cantarolava para mim. Ele sabia que eu gostava de música e talvez fosse uma forma de se aproximar, de me ganhar a confiança. Não poucas vezes, entoou os temas de alguns de meus filmes. Até que num rasgo de ironia, chegou a ensaiar um sapateado imitando o Fred Astaire:

Just heard of the Shorty George
Got word of the Shorty George
Seems that it's a kind of jig
Named for someone about so big...

Eu quase morri de rir. Andy tinha um grande senso de humor algures perdido. Aos poucos, eu também ia me acostumando com aquela rotina. Eu vigiava o seu dia, velava o seu sono em Shawshank.

* * *

Eles se casaram em 1944 numa cerimônia quase secreta. Se não fossem os padrinhos, ninguém assistiria à sagração realizada ao ar livre num fim de tarde de outono, a sua estação predileta, tempo em que a terra parece com as árvores. Andy pediu para cravar nas alianças pedras escuras que encontrou em seus garimpos num vulcão inativo.

Passaram a lua de mel no México. Como já disse, sonhava conhecer todos os mares e oceanos. E o México para ele sempre foi mítico. Foram ao Caribe, à Riviera Maya, que além das praias paradisíacas, possui ruínas de civilizações antigas.

O que mais um homem que gosta de arqueologia pode querer?

Ficaram numa pousada em Tulum e, em pouco tempo, pensou que poderia administrar um negócio daqueles. Seria melhor do que trabalhar em bancos na agitação do mercado financeiro com o sobe e desce das bolsas. Não queria permanecer naquela vida por muito tempo.

O dinheiro, Rita, é mais impulsivo do que as mulheres. Pode te abandonar a qualquer momento. Meu pai foi um daqueles tantos que na quinta-feira negra, 24 de outubro de 1929, perdeu tudo quando a grande bolha estourou. E com uma pistola, na nossa biblioteca, arrebentou os miolos.

Andy contou-me como se banharam nos Cenotes. Explicou-me, com paciência, que eram formações naturais com poços de águas cristalinas acumuladas pelos anos de chuvas. Os Cenotes foram sagrados para os Maias e por isso habitavam ao seu redor. Linda levava um maiô azul celeste que combinava com a paisagem e com a água.

Você acredita em seres encantados? Tem de acreditar minha amiga, pois você própria é um espécime. A Linda também era, apesar de não cantar

30 *Marcos Alexandre Faber*

como você. Ela era metade mulher metade peixe e isso nunca ficou tão claro como nos Cenotes. Devo ter sido um navegador em outra vida, vindo da Europa anglo-saxônica, e a Linda a sereia que me arrastou para o fundo do mar. Só que agora elas não precisam mais do canto, não precisam mais da música. Tudo muda, Rita, as sereias já não cantam mais, apenas usam maiô azul celeste.

Me descreveu o relógio solar Maia, no Templo de Kukulcán, acentuando que ainda hoje surpreende pela sua tecnologia. Revelou como andaram até cansar pelo Chichén Itzá, um dos sítios arqueológicos mais importantes do mundo e que foi moradia dos Maias. Com cuidado, escolheu algumas pequenas rochas para trazer como lembrança para casa. Sentia não ter uma pedrinha daquela na prisão: Quando nos metem aqui é como se nascêssemos de novo, não trazemos nada. Chegamos nu em pelo. A diferença é que o talco que nos põe não é o de bebê, mas o de piolho que nos arde os olhos e a alma.

Depois de comparar-nos o sorriso, como um poeta falou-me dos seus olhos azuis turquesa. As similitudes físicas terminaram por aí. Não me ofendi quando ele me disse que os seus cabelos eram naturais e que ela era mais curvilínea, talvez semelhante a Ava Gardner. Essa comparação é minha, não dele. Andy não foi indelicado, apenas me disse como ela era.

Andou em voltas pela minúscula cela, mexeu numa peça do tabuleiro de xadrez que jogava contra ele mesmo fazendo uma única jogada por dia. Depois me confidenciou que ela acordava tarde, por isso, na maioria das vezes era ele quem preparava o café com ovos mexidos e bacon.

Como era bom fazer amor no meio da manhã com o sol a entrar no quarto. Você já fez amor com o sol entrando pela sua janela, Rita? Não há sensação melhor no mundo. Todos precisariam experimentar um dia. Os quartos no verão deveriam ser abertos como uma varanda. Eu sinto falta de acordar o meu amor com o café e depois abrir as janelas. Hoje, eu não tenho janelas para abrir. Que coisa absurda, não é? Como uma pessoa pode ser privada do direito de abrir uma janela?

Tive pena do Andy. Doeu-me não poder enxugar-lhe a lágrima solitária. Foi quando percebi que eu estava mais presa do que ele.

4.

Como num time de beisebol

Não sei se podemos falar de homens bons e homens maus em Shawshank. Na prisão todo homem é inocente. Há sempre um promotor cruel, um advogado desumano que te esfolou o corpo e te arruinou a alma. Mas eu ia me acostumando àqueles nomes e formando a galeria como numa partida de beisebol: os que estavam do lado do Andy e os que jogavam contra.

Vamos começar por estes últimos para deixar o melhor para depois. Este é um segredo de gerações da minha família. Quando eu era miúda, sempre começava pela sopa de tomates para depois comer *la tortilla de mamá*. Aqui na América eu sempre entro pela salada para depois devorar o bife.

Warden Norton é aquele ser ambicioso que se esconde por trás da religião, um hipócrita. O diretor da detenção foi a raposa que usou o Andy para lavar sua lama de corrupção. Ele esteve na cela de corpo presente quando fez seu discurso cínico. A sua voz me irritou por completo. Sabe aquela coisinha da língua pregada com sotaque do Norte? Um espécime que causa ojeriza de imediato. Não havia nada nele que emanasse desejo, sexualidade sadia.

Percebia que Andy lhe era superior em tudo. Mas era a sua ilustração que o machucava. Não poucas vezes, Andy precisou fazer de contas que não conhecia um livro ou que achava graça numa piada para não o provocar. Norton representa estas figuras inseguras que se escondem por trás de um cargo de comando, sobrevivem da manipulação dos seus subordinados. Se lhe tiramos o crachá, não resta nada...

Há alguns diretores e produtores de cinema que agem assim. Só que estes exigem outros tipos de favores por um papel secundário. Atrás das câmaras, são verdadeiros assombros para as loiras.

Andy me disse que Norton era adepto do Macarthismo e vociferou quando saiu A Lista Negra com Os Dez de Hollywood: nomes de roteiristas, diretores, atores e músicos que ficariam sem trabalho no cinema por suas convicções políticas. Chegou a comentar que em Shawshank havia um aposento reservado à espera do Dalton Trumbo.

As palavras do Andy me fizeram ver a indústria de outro modo: o cinema, minha cara, é a propaganda mais eficiente da guerra. Uma arma mais poderosa do que a bomba atômica que jogamos sobre Hiroshima. Me desculpe, mas as estrelas como você são as nossas melhores armas para dominar o mundo. E ainda cobramos ingresso.

Permitam-me a perversidade, mas gozei em saber que uma bala solitária atravessou os tímpanos de Warden Norton.

Entre todos era o Byron Hadley, o brutal capitão, que mais o assombrava. A mim também. Hadley parecia que não tinha folga, nem família para visitar. Talvez o seu prazer fosse ficar assombrando os detentos. Era o verdadeiro gerente de Shawshank, a peça que fazia a máquina funcionar. Cheguei, confesso, a ter pesadelos com aquele homem mau. Andy o descrevia como sádico e burro, um capataz, o cara que executa os serviços sujos, enquanto se borra de prazer. Não era de origem humilde e poderia ter feito universidade, mas ficou naquela mesmice, e sempre se sentia inferiorizado. Foi dentro dos muros de Shawshank, nos corpos dos prisioneiros, que encontrou o lugar perfeito para descontar a sua frustração.

Quando ele entrava na cela com os seus subordinados para as inspeções, eu ficava vermelha e transpirava como uma criança insegura. Tinha medo de que num acesso de fúria me rasgasse e me currasse. Foi ele quem deixou o Bogs Diamond de cadeira de rodas. Ao menos isso fez de útil. Estimava-se nas conversas dos banhos de sol e do refeitório que, por baixo, o Hadley fez valer no estado do Oregon a pena de morte para mais de uma dezena de prisioneiros.

Os guardas como Youngblood e Wiley eram tão institucionalizados como qualquer habitante destas celas. Um emprego seguro e respeitável, para um homem pobre e branco que lá fora não seria grande coisa, é como ganhar um prêmio de loteria. Em certas ocasiões, eles até foram gentis com o Andy. Não é raro acontecer amizades entre os agentes prisionais e os detentos. O presídio cria suas próprias regras. A maioria tem as mesmas origens e valores, apenas por uma contingência da vida estavam em lados opostos. É como no time de beisebol, nunca se sabe quando se pode estar do outro lado.

Todo Shawshank de alguma forma sabia da superioridade espiritual do meu benfeitor, que ele era feito de outro barro. Mas a coisa mudou por completo quando Andy começou a fazer o imposto de renda dos guardas da prisão. Mexeu no bolso, tudo muda por encanto.

Sabe aquela clássica história, repetida como um mantra pela malta de Shawshank, de quando os prisioneiros foram fazer um trabalho externo para recobrir um telhado com alcatrão? Quando o Andy quase ia sendo arremessado lá de cima por um

Hadley furioso pelos impostos devidos ao Tio Sam? No final, graças ao conhecimento tributário de Andy, não só Hadley ficou com a sua herança, bem como os prisioneiros acabaram tomando cervejas na cobertura, numa espécie de paga pelos honorários.

* * *

Agora, o outro lado!

Andy, como poucos, soube fazer amigos em Shawshank. Não que fosse comunicativo, mas porque era na dele. Todos sabem que na prisão em boca fechada não entra só mosquito. Acontece que, quando podia, ajudava mesmo e não media esforços nem pedia nada em troca.

Escreveu cartas de amor e de amizade para os colegas iletrados, ensinou a jogar xadrez e até orientou alguns processos. Andy sabia mais do que a maioria dos advogados. Mesmo assim, não se livrou dos apelidos. Chamaram-lhe de tudo, Caça-rochas, Homem de Gelo, Professor. Gostava, particularmente, deste último.

O Tommy Williams foi uma espécie de filho. Talvez o seu grande projeto no cárcere. Tommy era jovem e Andy sabia que ainda era possível fazer algo diferente na vida. Aprender um ofício, conhecer os livros clássicos, quem sabe ir à universidade tirar um diploma. Quando se é jovem pode-se fazer as grandes coisas.

O seu sentimento era paternal. Andy queria ter dado filhos à Linda. Imaginava-a grávida e mais bonita ainda. Imaginava-se pondo os ouvidos na barriga, sentindo os chutes do bebê. Batendo firme como um *quarterback*. Nunca soube por que ela não engravidou. Achava que talvez o problema fosse dele. Estava resolvido a ir procurar um médico. Não deu tempo. A vida não é como no cinema, que podemos fazer de novo quando uma cena não corre bem, ou esperar pela próxima sessão onde a fita sempre volta ao começo.

Foi o Tommy que revelou para toda a Shawshank que Andy era inocente, talvez o único dentro de toda a prisão. E pagou com a própria vida pelo fato. O acaso fez o Tommy dividir a cela com Elmo Blatch, o verdadeiro assassino da Sra. Linda Dufresne e do seu amante desportista. Nunca o vi tão dedicado a uma pessoa, nem mesmo ao Red.

Rita, toda a cultura do mundo, toda a fortuna perde qualquer sentido, se não podemos deixar para alguém! Se eu nunca mais puder sair daqui, quero que o Tommy seja os meus olhos lá fora. Não desejo que o meu conhecimento fique confinado numa cela. A ciência só tem sentido se você fizer algo de útil com ela. Desejo que o garoto veja que há um lado bom na história, que a vida não é um filme preto e branco de entrar e sair das prisões. A vida é bem mais do que isso, não é Rita?

O velho Brooks Hatlen foi um caso à parte. Como ele gostava daquele decano com quem dividia as tarefas da biblioteca. Considerava-o um mestre. O homem tinha um coração imenso e durante anos foi responsável pelo único animal de estimação no presídio, o Jake, um pássaro negro que caiu do ninho e ficou sob os seus cuidados.

Era só com o Brooks que podia falar sobre literatura. Pouca gente sabe que o velho escrevia os seus contos e é possível que Andy fosse o seu único leitor. Às vezes ele os trazia para mim. Não, o Brooks não escreveu nenhum *O velho e o mar,* livro que Andy dizia que levaria consigo para uma ilha deserta juntamente com o meu retrato, mas tinha jeito. Em sua homenagem, Hatlen pôs o nome de Andy num dos seus personagens. Lembro-me como se fosse hoje, quando ele chegou da biblioteca com as folhas rabiscadas dentro de um volume do John Steinbeck. Rita, preciso te mostrar uma coisa. Veja se isso não daria um bom filme?

Willamette

Meu avô, o senhor Benjamin, herdou no último quarto do século XIX, um rancho na Pensilvânia. Ele pôs na cabeça que naquele pedaço de terra, que por décadas dera batatas e ovelhas, tinha petróleo. Com os seus dois filhos homens (meu tio Josh, o primogênito, e o meu pai Andy), começou a cavar poços sem fim. Em pouco tempo, o Willamette era uma mina de crateras.

As duas meninas, Rebecca e Olivia, cuidavam das lidas do lar com a criada, sem a minha avó Ruth que, enlouquecida, não fazia nada, ficava muda na frente do piano.

Ainda pouco se andava em automóveis, era a hora da indústria do querosene, a "manteiga de petróleo". Quando o sol adormecia, o óleo combustível acendia as lamparinas das casas.

Meu avô cavou em todos os lugares da propriedade, só faltou demolir a sede de Willamette. Seria pre-

ciso perfurar um poço de mais de vinte metros para achar alguma jazida. Para isso, hipotecou o rancho, e comprou máquinas modernas. Também trouxe gente de fora, como o Jim, que o velho Benjamin logo tratou como um terceiro filho. O agregado não tinha horas para o trabalho. Se enfiou nas escavações e logo estava dando ordens aos outros empregados.

Meu pai não foi muito com a cara do Jim e as coisas ficaram piores quando o flagrou nu em pelo com a Rebecca no estábulo. Quase o matou com os próprios braços fazendo jorrar sangue de todos os buracos da cara. Ele exigiu de pronto que o meu avô o despedisse, no entanto, logo percebeu que, para o senhor Benjamin, a força de trabalho do Jim seria de mais-valia. O patriarca, como um bom conciliador, tratou de apaziguar as coisas com um casamento, embora corressem rumores de que Jim deixara família pros lados de Salem antes de aterrar em Willamette.

O sonho do meu pai sempre foi usar terno e gravata e trabalhar em algo limpo. Viver numa casa com jardins num subúrbio de uma cidade urbanizada e ter uma rotina burguesa com esposa e filhos à sua espera.

Num dia chuvoso, houve um deslizamento em Willamette e parte do maquinário atingiu meu tio Josh. Meu pai culpou o meu avô pelo acidente. Logo partiu e nunca mais voltou ao rancho. Durante um ano cruzou todo o país até se fixar em Oregon, Portland. Não quis saber notícias das irmãs nem do petróleo. Apenas escrevia cartas à minha avó, que continuava em seu silêncio como o piano da sala.

Vinte anos depois, vê pelos jornais que o Sr. Benjamin entra na lista dos homens mais ricos da América. Na foto do periódico, Jim aparece como o seu braço direito nas minas de petróleo do velho rancho da Pensilvânia.

Andy conseguiu o que queria. Vestiu o seu paletó e trabalhou das 9 às 17 horas no banco. Durante algum tempo, depois do expediente, passou pela mercearia trazendo pão, leite e guloseimas para Abigail, a minha mãe, que manifestou durante a gravidez todo tipo de desejos. Ao herdeiro do sonho americano que vos narra a história, o meu pai pôs o nome de Josh.

Quando o senhor Benjamin morreu, no início do novo século, na era dos Nickelodeons, meu pai não se sentiu com direito a nada, nem procurou nin-

guém. Porém, o velho patriarca deixou explícito no seu testamento que ele teria direito ao seu quinhão com prevalência aos demais herdeiros na presidência da Companhia de Petróleo Willamette. Foi o Jim que veio pessoalmente com uma banca de advogados nos informar de tudo.

O Brooks Hatlen não era o único artista em Shawshank. A prisão é um espaço que enterra vivo muitos talentos. É possível que existam mais dessas espécies nas prisões americanas do que nas ruas de Nova York. A seu modo, todo artista é marginal.

À noite, no mais profundo silêncio pode se ouvir o lamento de um dos maiores gaitistas do Norte. Oliver Forreste, do 301. Depressivo, mal saía da cela. Foi acusado pela esposa de infanticídio e não poucas vezes tentou se matar. Andy o compara a Sonny Boy Williamson, famoso pela primeira gravação de *Good morning, school girl*. Dizia que os dois tinham a alma na harmônica e inventaram o blues.

Você está escutando, Madame Hayworth? Nenhum branco, nunca, jamais, tocará blues desse jeito. O blues não é uma música, é como uma religião.

Havia também um pintor prodigioso, o Kas. Este nunca soube por que estava ali. Os seus traços eram parecidos com o gótico de Grant Wood. Imagina que o Andy gastou parte da verba destinada à biblioteca com cavaletes, pincéis e tintas para o Kas, chegando mesmo a cogitar fazer uma exposição com as suas pinturas em plena Shawshank. É claro que o Norton não aprovou a ideia. Se ao menos o Kas lhe pintasse um retrato. Não foi o caso. De qualquer forma, a pintura na cela o manteve vivo e Andy sempre tinha a esperança de que um dia alguma galeria vendesse a sua arte.

E finalmente o Red. Ele não deixa de ser o meu concorrente na escuta do Andy. É ele que narra a história de forma competente. E vamos combinar uma coisa, a sua voz é maravilhosa.

O Red era um líder que não se impunha pela violência, mas pela astúcia. Na prisão nem sempre os mais fortes sobrevivem. O diabo é sábio porque é velho, dizia o meu pai. E Red já tinha os cabelos grisalhos depois de quase três décadas de instituição. Acho que foi a sua espontaneidade que cativou o Andy. Na juventude, Red cometeu pequenos delitos e depois um crime apavorante, tinha a eternidade para contar as suas memórias.

Acho que já nem se lembrava como era a vida dele lá fora. Se tivesse sido descoberto por um caça-talentos, poderia ter sido um atleta de ponta. Andy acha o seu biotipo parecido com o do Jesse Owens. Por certo, teria trazido algumas medalhas a mais nas Olimpíadas de 1936 para a América, ajudando a desacreditar a ideia de supremacia racial dos nazistas. Mas acabou como tantos outros talentos desperdiçados na prisão.

A amizade deles é uma das coisas mais bonitas que eu vi na vida. É um tipo de amor que só os homens conhecem e as mulheres, tolamente, ficam enciumadas. Eu só estive com o Red naquele dia que ele me trouxe. Tudo o mais que sei a seu respeito são coisas que o Andy me falava. Quando pronunciava o seu nome, logo abria um sorriso pelo canto da boca. Depois da Linda, foi o nome que mais ouvi naquela cela. Red era negro, Andy era branco e se encachavam como num tabuleiro.

Rita, sabe o que o Red acabou de me dizer? Que vai me mandar uma outra garota. Eu disse-lhe que não, juro. Que estou muito bem-casado com você e que sou monogâmico. Não sei como se pode amar a duas mulheres ao mesmo tempo? Eu juro que não consigo. Devo ser um ingênuo de causar espécie. Só não me casei virgem, Rita, porque os meus amigos me aprontaram uma cilada. Depois de me embriagarem com todos os tipos de bebidas — vodca, rum, uísque — pagaram uma prostituta para dormir comigo. Eu nunca tive a coragem de dizer isto à Linda. Mas a você eu tenho. Todo mundo tem uma mácula na sua história. Eu também tenho a minha. Sei que não vai me censurar por isso, vai?

Ele veio me dizer que a Betty Grable dançava melhor do que você. Parecíamos dois meninos apaixonados discutindo basebol. Não tenha ciúmes Rita, você sempre será como o New York Yankees, a número 1 do mundo para mim. A minha garota. O Red gosta de me provocar.

É verdade que fiquei ansiosa quando trouxe a Marilyn Monroe para cá, mas logo passou. O Andy tinha outros planos para mim.

5.

Uma oração para Andy

A morte de Tommy Williams foi, sem dúvida, o golpe mais duro sofrido por Andy na prisão. Nunca o tinha visto daquele jeito, nem mesmo quando a comissão negou por sete a zero a sua liberdade condicional. Parecia que tinha perdido de uma vez por todas as esperanças. Também foi o tempo que passei mais longe de Andy, um mês exato, período em que permaneceu na solitária como forma de Norton dobrar-lhe a espinha.

A solitária é uma prisão dentro da prisão. O espaço oficial da tortura física e psicológica na sociedade moderna. Uma herança medieval, máquina e aparato de martírio para um resto de dignidade humana. Nela, a autoestima se derrete como um sorvete no sol de verão do Oregon. Poucos suportam. Mesmo os mais violentos encarcerados, responsáveis por crimes hediondos, durões na rua, comedores de vísceras, viram criancinhas choronas nas solitárias. Não foi o caso de Andy. Eu não estava lá, mas ouvi comentários que ele não deu um pio. Ficou por quase uma quarentena e não se escutou um só lamento.

Como senti falta dele. Como me exasperei por não poder fazer nada. Por que não me trancafiaram lá também? Tive medo de que não voltasse. Tive medo de que o mudassem de cela e me deixassem sozinha para sempre. Ou pior, que chegasse um novo detento para ocupar a nossa casa e pilhar as nossas coisas. Tive medo de não o ver mais. Nunca mais. Não quero nem me lembrar disso.

Sentimento estranho esse que nos rasga o peito como um balaço. Nunca havia passado por tal situação em minha atribulada vida. Nenhum divórcio foi tão traumático. Sentimento horrível, esse medo infinito de perder uma pessoa, de não poder ouvir uma voz amiga dizendo as coisas mais simples do dia a dia. Me acostumei a escutar o meu nome, Rita, de forma carinhosa ao ouvido. Não saberia passar sem isso. Seria como uma sentença de morte se repetindo a cada minuto.

Como odeio a América e todo o seu sistema de triturar gente. A América é uma grande máquina de moer carne humana. E se o Andy não voltar nunca mais? Ele, que desejava uma janela com sol num quarto com uma varanda, estava privado da luz. Ele, que tinha na sua cela disciplina e ordem, que não trazia nem sobras de comida por causa dos odores, estava trancado num espaço infecto, habitado por insetos e roedores.

Por que fazem isso com um homem bom? A sociedade não tem morada para seres como Andy. Somos bárbaros, vivemos de guerras e usurpação. E se ele não suportar o martírio? Me senti como Penélope esperando a volta do seu amado. Ela esperou vinte anos, eu esperaria vinte eternidades. Mas o meu herói não foi em busca de aventura no estrangeiro e sim tirado das minhas mãos à força. Não é justo.

Tudo o que eu podia fazer era esperar como fazem as mães e as mulheres quando os seus filhos e homens vão à guerra. Tudo que eu podia fazer era uma oração pelo Andy. Pedi aos santos que ele não acredita para lhe dar força e suportar a privação.

* * *

Minha Virgem do Pilar, padroeira de Saragoça e de Espanha me ajude. Proteja o meu Andy. A Senhora que tem o poder da bilocação me leve ao Andy. Não o deixe só. Tu que apareceste em companhia dos anjos para Tiago quando teve dificuldade em seus sacrifícios missionários às margens do Ebro não o abandones enquanto estiver longe de mim.

Tu bem sabes que eu não tenho como pagar uma promessa, não tenho como ir à Basílica de joelhos, não posso jejuar, mas posso pedir de coração. Transporta pela mão dos anjos o Andy de volta para mim.

Não por acaso que hoje é dia 12 de outubro, as *Fiestas del Pilar*. Tu que tens o dom místico, me faz este milagre. Em troca te faço uma promessa, um sacrifício:

Eu que havia pensado em rogar-te para ser gente, para que me transformasse em pessoa de carne e osso, para que eu pudesse tê-lo em meu corpo, de tudo abdico: Eu nada quero e tudo suporto, eu me conformo e me resigno com a minha condição de papel e tinta, mas proteja o Andy e o traga para mim. Deixe-me vê-lo ao menos uma vez mais.

Protege, um por um, cada fio de seus cabelos, cada um dos seus dentes e dedos. Coloca o teu manto e não deixa que nenhuma faca o perfure, que nenhuma bala o encontre. Mas sobretudo, que ele sinta vontade de voltar. Que ele não desista de viver dentro daquela cela escura, por onde não entra a luz, onde os demônios se escondem. Eu conheço por dentro a alma nobre daquele homem. Não seria justo um inocente sucumbir diante dos malvados, dos perversos do mundo.

Se eu não acreditasse em milagres, eu não teria como explicar as lágrimas que me caíram do rosto.

6.

A hora da rainha

Durante algum tempo, eu, literalmente, dormi com o Andy. Sim, quando as outras meninas, Marilyn e Raquel, tomaram o meu lugar na parede, eu não fui descartada e jogada no lixo junto com os resíduos dos detentos.

Confesso que tive alguma inquietação ao ser descolada. Parecia que a minha alma estava pregada à cal e ao cimento. Como dizia o Red: "Estes muros são um mistério. Primeiro a gente odeia, depois não sabemos viver sem eles." De certa forma eu também estava institucionalizada e temia o mundo lá fora.

A verdade é que eu já estava amassada e com rasgos como um retrato que acompanha o envelhecimento do seu duplo. Sim, as fotos envelhecem, mudam de cor, perdem o brilho como a pele humana. A diferença é que podem ser reproduzidas em séries, mas não era o meu caso. Eu tinha agora uma espécie de maldição da vida terrestre, de ser única, de ter uma só existência.

Andy não se incomodava com o correr do tempo. Ao contrário, me confidenciou que gostaria de ver a Linda como uma fruta amadurecida ao seu lado. "Não são mais doces os bagos das laranjas maduras?" Os dois de chinelos, depois das viagens de barco contando histórias de pescadores para os netos.

Enquanto iniciava uma verdadeira operação cirúrgica me confidenciou:

Lady Hayworth, eu vou mudar você de lugar. Vai ser uma jogada arriscada. Mas às vezes é tudo ou nada. Você é a minha rainha e não posso perdê-la. Assim, vou te proteger. Preciso de você para o arremate, o xeque-mate.

Eu já tinha acumulado em mim o pó e sujeira da cela. O pôster diferente de outros objetos, como as bonecas de *biscuit*, não se pode dar ao luxo de um único banho. Andy havia encomendado um plástico ao Red, me dobrou e me envolveu por completo como num vestido longo. Antes passou um algodão umedecido com um pouco de leite que trouxe do refeitório. Ele tinha lido algures que um pouco de leite possuía a propriedade de renovar as fotografias.

Vou confidenciar uma intimidade. Eu já estive imersa em águas mornas com espumas e sais, pétalas de rosas exóticas em banheiras vitorianas de hotéis e palácios, mas nada se comparou aos cuidados de Andy.

As suas mãos me tomaram com um zelo que eu nunca senti, nem mesmo as minhas personagens. Eu já tinha observado várias vezes as mãos do Andy, mas nunca as havia possuído daquela forma. Não sei se foi a carência afetiva, mas senti-las em mim me deu contentamento e satisfação. Ser tocada por alguém de quem se gosta é a maior felicidade do mundo. Alguém que tem carinho por você, que te toca, não como uma estrela, mas como uma mulher a quem se ama. Seria isto o amor, o toque dos dedos? Era como se ele estivesse me conhecendo por dentro, assim como eu o conheço. Andy, meu doce, por favor, diga o meu nome.

Fez um rasgo em seu colchão e me costurou por dentro como um artesão, bem ao lado do travesseiro. Eu não sabia que existiam homens desta espécie. Por que eu perdi tanto tempo procurando em lugares errados? Estes seres não fazem cinema, nem frequentam as festas da Broadway. A indústria é um lugar de perversão, não cabem anjos como o Andy. Iriam cortar as suas asas com serra elétrica em pleno cenário. De certa forma, ele está mais protegido aqui do inferno da soberba, o maior dos 7 pecados.

Eu fiquei ao seu lado, bem perto do seu rosto, sentindo o seu cheiro e o seu hálito, mas sobretudo sob os seus pensamentos.

Era como se pudesse entrar na sua cabeça. Dizem que quando encontramos a alma gêmea, não precisamos mais falar a torto e a direito. Basta-nos estar perto da pessoa para compreendermos o que o outro quer. Eu sentia a sua dor e as suas angústias como se fossem minhas. Estou aqui de papel e alma com você Andy, para o que der e vier.

Por que não tive esta sorte? Não é tão simples ser bela e ainda ter que dar autógrafos. Eu daria tudo para mudar de lugar com a Linda. Trocaria os tapetes vermelhos e os *flashes* dos *paparazzi* por um só passeio de barco. Abdicaria de uma mansão em Beverly Hills por uma casa com janelas abertas num subúrbio. Trocaria sem pestanejar os jantares de luxo com as celebridades para fazer as *tortillas* que a *mamá* me ensinou para o Andy. Há mulheres que têm tudo e não sabem. Não foi o meu caso.

Como eu tive vontade de virar gente. De abandonar aquela minha condição de celulose celeste. Eu sei que na ficção e na mitologia isso é possível. O rei Pigmaleão se apaixonou por sua criação. Foi Afrodite que, por piedade do escultor da ilha de Chipre, deu vida ao mármore. Mas não será o meu caso, eu sei que os deuses estão muito ocupados. Já sou crescida o suficiente para saber que estas coisas não acontecem na vida real.

O fato de estar tão perto de sua mente, na hora do sono, me permitia viver seus sonhos e pesadelos. Às vezes, eu queria acordá-lo e não podia. Penso que nunca fizeram uma investigação sobre isso, mas os prisioneiros devem ser as pessoas que mais sonham no mundo. Andy me dizia tanta coisa enquanto dormia. Era como se não adormecesse, mas entrasse num universo inconsciente. Eu sabia de coisas da sua mais tenra infância, mas nunca comentei nada sobre isso.

Confesso que fiquei vaidosa na primeira vez que escutei o Andy pronunciar, em seus sonhos, o meu nome. Foi a certeza de que eu existia de verdade. Como se para ele eu fosse uma criatura como qualquer outra.

7.

A confissão

Rita, você está aqui? Por favor, não me deixe. Você é tudo que tenho na vida. Não saberia viver sem você. Eu tive um sonho horrível. Você saía do pôster e ia embora de Shawshank sem olhar para trás. E, por mais que eu gritasse, seguia em frente. No seu lugar na parede se abria um espaço para um abismo enorme. Eu era sugado por aquele buraco e caía num fosso. Foi apavorante, Rita. Por favor, não me abandone.

Calma Andy, eu estou aqui com você e nunca vou te deixar. Eu não saberia como. Estou presa a você.

Qualquer pessoa que visse a cena de fora acharia que ele enlouquecera, que ele estava em delírio. Não é incomum os prisioneiros das celas individuais falarem para ninguém a esmo. O seu comportamento meticuloso e repetitivo denunciaria que ele perdera o juízo. Eu diria apenas que Andy havia chegado ao seu limite. Todos nós temos um. A questão na vida é: o que vamos fazer quando ele chega?

Eu não a matei. Eu não matei a Linda. Confesso que tive vontade. Por isso, acho que mereci passar esses anos atrás das grades. Talvez até merecesse ficar a eternidade, por ter pensado na coisa mais hedionda que pode acontecer na existência de alguém que é matar a quem se ama por não a aceitar livre.

É muito triste quando você se torna uma prisão para quem você ama e não tem a nobreza de libertá-la. É muito triste quando seus braços viram grades e o seu corpo é o próprio Shawshank.

Faltou-me a grandeza para assinar o divórcio em Reno. Eu que vivia de assinar papéis. Faltou-me a coragem para puxar o gatilho. Um gesto simples que qualquer criança americana faz. Fui duplamente covarde, mas não cometi nenhum duplo homicídio. Eu não matei a Linda e o seu amante golfista.

Precisei descer ao inferno para decidir que não quero morrer. Se eu a tivesse matado, eu não estaria aqui. Eu teria ido com ela também. Não o fiz, mas de alguma forma é como se tivesse feito, é como se tivesse puxado aquele maldito gatilho porque ela não está viva agora. Que diferença faz? Eu não a salvei de mim. Por um motivo que ainda não sei, estou vivo. Mas não houve um dia que eu não tenha pensado em ir para perto dela. Só que eu tenho medo dela não querer me ver no outro mundo. Do que adiantaria a minha morte?

Não é tão difícil se matar na prisão. Os suicidas ou suicidados são muitos. Há inúmeros métodos de se matar aqui dentro e ninguém vai sentir a sua falta. Eu já pensei em todas as maneiras. Um simples enforcamento, talvez o modo mais comum, o que não faltam são cordas e eu sei dar nó de marinheiro. Tinha aprendido para as viagens, mas talvez me seja útil de outra forma...

Ou um breve corte na veia e pronto, deixar gotejar meu sangue neste chão imundo até o corpo empalidecer. Depois é só lavar com sabão e lixívia e ninguém verá os vestígios das suas pegadas.

São muitas formas de ceifar a própria vida: armas de fogo, asfixia, envenenamento, autoestrangulamento, automutilação, desidratação, inanição, eletrocussão... E se eu tentasse uma fuga subindo a torre de Shawshank? Tenho certeza de que Norton não vacilaria em me pegar pelas costas. Se eu não morresse do tiro, morreria da queda.

Muitas figuras ilustres, bem maiores do que eu, cometeram o suicídio. Van Gogh atirou contra o seu peito, Hemingway contra a cabeça. E eles eram os maiores do mundo naquilo que faziam. E quem sou eu na fila dos gênios da humanidade? Um enxadrista de segunda categoria. O melhor enxadrista da escola. Que valor há em ser o melhor da escola se você não tem pela frente um Capablanca?

Se eu estou vivo até agora, mais do que um acaso, é a prova maior da inocência... Para a minha penitência, sou inocente. Mas chega! Preciso me aceitar pelo homem que não fui ou que não pude ser. Se não mereci o seu amor, se ela procurou outra pessoa, é porque alguma coisa que eu não sabia lhe faltava.

A vida não é um projeto de casa com janelas abertas no verão. Não é o mapa de um passeio de barco pelo mundo. A vida é mais, muito mais do que isso, Rita. É como num filme, precisa de paixão, ou então, não vale o ingresso. E tudo em mim parece ser programado. Como ela poderia me amar? Como ela poderia sentir arrepios ao ouvir o meu nome?

Há pessoas que nasceram para serem amadas. Outras, por mais que se esforcem, jamais terão esse gosto doce na boca. Eu devo ser do segundo tipo. Sou um burocrata, um homem de paletó na alma, o cara perfeito para ser enganado.

Eu não sei por que raios achei que aquela sereia tinha que me amar. Que pretensão a minha. É duro dizer isto, mas já não me dói tanto. Já me dilacerou o coração, hoje não mais.

Aprendi que o amor não é um mérito porque você chega em casa ao final do dia, depois de oito horas de trabalho, trazendo pão e leite na sacola. Não é o recibo que você recebe ao final do mês como paga da hipoteca. O amor é muito mais do que isso. O amor é um frisson e não tem nada a ver com merecimento. Não adianta prestar serviços humanitários, ser membro do Rotary Club. Ninguém te amará por isso. Não vou ficar explicando isso para uma deusa do cinema. Você sabe melhor do que eu o que é ser amada.

Quem poderia me amar, Rita? Você acha que eu mereço um amor de verdade? Ser a pessoa para alguém cujas mãos suam e os batimentos aceleram só por me ver chegar?

8.

Por fora de Shawshank

Naquele dia, quando as luzes se apagaram em Shawshank, não foi apenas o Red que teve medo de que o Andy fizesse um disparate. Como já disse, todo homem tem o seu limite e o dele havia chegado.

Não consegui pregar os olhos por um instante. No íntimo, eu duvidava da resiliência de um ser tão delicado, como se tudo dependesse da força bruta. Será que Andy poderia levar adiante aquela jornada? E, principalmente, como eu poderia ajudá-lo? Se fosse num filme, tudo bem, mas para mim aquilo não era um papel. Eu não estava representando nada. Eu não era Gilda, não era Elsa, não era nem mesmo Rita. Era eu mesma, Margarita, e não tinha o que decorar. Não havia nada escrito, nenhum *script*.

Pela primeira vez em anos, não me diziam o que eu tinha que fazer. Toda estrela de cinema é um pau mandado. Desde criança ninguém dá um passo sem um diretor: vamos Rita, jogue os cabelos para a câmara e sorria... Vamos lá, olhos nos olhos e beijo com ardor. Nada de técnica. Isso, isso. Corta! Agora gravando.

Ouvimos tanto o que fazer que acabamos levando o papel para a vida pessoal. E aí não sabemos nem o momento de sorrir ou de chorar sem que ninguém nos mande, nem a hora de parar sem ouvir um "corta".

* * *

Andy me pôs numa mochila e me amarrou às suas pernas, juntamente com as peças do xadrez e alguma papelada contábil. Sim, eu estive ao seu lado na fuga mais espetacular do cinema. Atravessei aquelas jardas equivalentes a não me lembro quantos campos de futebol, num esgoto cheio de merda e urina, e saí quase viva do outro lado.

Já estávamos bem longe quando os cães farejadores chegaram às nossas pegadas. Tudo havia sido planejado como um golpe de mestre, o xeque-mate de Andy. Na manhã seguinte, fomos ao banco cobrar a indenização por duas décadas de vidas roubadas. Uma estrela de cinema *noir* poderia ganhar aquilo numa só cena, mas nunca algum dinheiro me soube tão bem. Não pude deixar de reparar como Andy ficou elegante de terno e gravata. A impressão que dava é que ele nunca os tirou em Shawshank.

Sim, eu estava no conversível, no banco do lado cruzando as estradas que dariam até o México. Quando atravessamos a fronteira foi como se tivéssemos saído pela segunda vez do cárcere. Percebi que Shawshank era maior do que ele mesmo, era todo o Colorado, era todo os Estados Unidos.

A América era toda uma prisão. "Não vamos mais voltar Rita, nunca mais." Era uma vez na América...

Fomos conversando até chegar a Zihuatanejo, cidade do estado de Guerrero no México banhada pelo Pacífico, um oceano sem memória, como ele gostava de dizer. E qual o melhor lugar para se viver depois de duas décadas de prisão?

Andy alugou uma casa antiga com quintal e terraço. Depois comprou um barco a um velho homem do mar e começou pacientemente a reformá-lo. Todas as noites, depois do jantar, falava comigo. Me dizia como fora o seu dia. Da sebe que arranjou no jardim e de como desmontou e fez a lubrificação do motor, repondo cada peça, sem deixar um parafuso fora do lugar.

Senti muito orgulho dele. Eu sabia que das suas mãos se poderia recriar o mundo. Em alguns momentos, se deu até o direito de beber alguma coisa. "Um brinde a você Rita!" Parecia um outro homem, revigorado pelo trabalho, corado pelo sol.

Eu não vou mentir e dizer que fiquei incólume à travessia. Todo mundo sabe que o papel não se dá bem com a água. Não é uma boa química. Como num quebra-cabeça, o meu amigo passou dias tentando me juntar as partes. Mas eu já não existia mais por completo.

Era eu que estava cansada. Já não podia ir para sua parede. No íntimo, sentia que tinha terminado a minha missão. Sabe aquela sensação de ter feito o seu melhor papel longe dos holofotes da indústria do cinema? Como é bom perceber que se fez algo de bom na vida de alguém. Agora eu queria liberdade. Me parecia justo. Não queria ser os restos do que já fui. Não era mais aquela garota bonita que o ajudou a fugir. Eu não queria ficar como essas estrelas que envelhecem mal, que não sabem a hora de sair de cena. Preferia que ele me enxergasse como eu fui um dia na sua parede de Shawshank. De como eu cheguei, como a figura *pinup*, a garota sensual do pôster que o ouviu por tanto tempo. Confesso que tenho alguma vaidade. Eu melhorei e aprendi muito da vida, mas tenho os meus pecados. Não sou santa.

O Andy poderia ter comprado um novo pôster, outra Rita Hayworth. Quem sabe colorida, um modelo technicolor. Uma versão autografada de um colecionador de estrelas decadentes da sétima arte. Mas não seria a mesma coisa. Eu não me reconheceria.

* * *

Shawshank foi a minha Harvard. A lista de livros que Andy leu para mim daria para encher prateleiras das melhores bibliotecas do mundo. Algumas obras ele releu só para dividir comigo. Queria que sentisse junto com ele o prazer infinito da palavra. Quem sabe um dia você não escreve a nossa história, Rita?

Pouco importa se vai permanecer o estereótipo da loira fatal, eu até prefiro assim. O que me interessa é que ele me mostrou que o mundo é muito mais do que podemos ver. Há um mundo latente dentro de cada ser.

Numa manhã ensolarada, Andy preparou uma fogueira pequena. Me contou piadas, me fez sorrir. Recordou de coisas que fizemos juntos.

Lembra do dia em que dancei para você? Nunca me senti tão ridículo, mas acho que foi a forma que encontrei de chegar mais perto de uma artista da sua grandeza. Eu tinha que tentar alguma coisa para alcançar a minha estrela.

Pela primeira vez durante o dia inteiro, ele não falou da Linda. Falamos de nós mesmos, tínhamos a nossa própria história com início, meio e fim como num bom filme.

Entre a gente não há segredos, mas há uma coisa que eu fiz bem longe dos seus olhos hazel. Era para ser uma surpresa, eu queria mostrar toda a minha afeição por uma deusa. Tentei desenhar um poema, mas estou convencido de que nunca passou de rascunho.

Se não fosse você, Rita. Eu não teria feito nada. Eu não teria conseguido sem que você estivesse ao meu lado. Você é a rainha do meu jogo. Nunca me esquecerei dos nossos momentos. Você me ensinou as melhores coisas. Me ensinou a manter a vida acesa. Quem sabe numa próxima existência, não possamos ser constituídos da mesma matéria?

Andy pegou numa brasa e me deixou arder devagar numa urna de prata. Acho que aprendeu com o Red a conseguir as coisas mais extraordinárias. Ele próprio me disse que gostaria de ser cremado e ter as cinzas deitadas ao mar.

Depois, tomamos o seu pequeno barco e seguimos mar adentro até perdemos de vista a praia.

Este livro foi composto em Minion Pro
e impresso em papel pólen bold 90 g/m²,
em abril de 2023.